KB031957

현대시세계 시인선 130

물을 쓰고 불을 읽고

박종빈
시집

물을 쓰고 불을 읽고

박종빈
시집

도서출판 북인

시인의 말

　10년 세월을 이제야 정리한다. 여기까지가 내 방황의 끝이다. 그 절망을 딛고 나는 다시 쓴다. 그냥 쓰는 것이 아니라 내가 읽고 싶은 것을 읽고 내가 쓰고 싶은 것을 쓴다.

　항상 궁핍했으나 내 곁을 지켜준 아내와 대전문학 동지들에게 감사드린다.

2021년 6월
박종빈

차례

1부

내 마음 속 창애

내 마음 속 창애

식당 앞 주차 문제로
주인 할머니와 싸우고 올라갔다가

산사山寺 내려오는 길

내 마음 속 새 한 마리
잡히지 않아
부끄러웠다

사랑 변주곡

둥근 것은 더 둥글게
둥글지 않은 것은 더욱 둥글게
차르륵 차르륵
외쳐대고 있는 사동리 해변의 몽돌 위에서

딸은 말하네
콘크리트 길 쪽으로 사력을 다해 기어오르려는 지렁이를
숲 쪽으로 밀어내며 생수병에 있는 물 한 모금 나누어주었
다고
여름 한낮 트레킹을 회상하네

사랑하는 것은 더 사랑스럽게
사랑하지 않는 것은 더욱 사랑스럽게
밤바다 소금기 하얀 동해의 바람은
속삭이네

너와 같이 하는 것이 지혜가 아니겠느냐
딸아, 방편으로 미물을 구제하는 것이
인간의 이익이 아니겠느냐

파도를 밟으며 시작된 야간 산책은
별빛이 아니어도 반짝이며 제 갈 길을 밝히는 법
목적지를 잊어버린
우리의 대화는 아름다웠다

사랑 깊숙한 곳에서는 사랑만 남아 있을 뿐
더 이상 무엇이라 이름할 것이 있겠냐만

이름 아는 것은 더 친근하게
이름 알지 못하는 것은 더욱 친근하게
암수 고양이가 길 위에서 마주보고
앓고 있네

야와 옹으로
높낮이로
장단으로
강약으로
음색으로
서로를 위무하네

부드러운 것은 더 부드럽게
부드럽지 못한 것은 더욱 부드럽게
읊고 있네

고양이 소리만큼 오묘하게
파도 출렁임만큼 은밀하게
반짝이는 길처럼 부드럽게
자웅동체 지렁이처럼 온몸으로
몽돌의 곡선만큼 강렬하게

사색은 산책으로부터
주문은 마음을 비운 자리까지
밤바다 소금기 하얀 동해의 바람은
속삭이네

모두 같다

내 발소리에 놀라
메뚜기가 뛴다
돌멩이처럼,
자세히 보니
진짜 돌조각이다

내 발끝에 채어
돌조각이 튄다
곤충처럼,
자세히 보니
진짜 메뚜기다

미안하다
모두 같은데

새의 이름으로 한마디

닭장
그물망을 넘나들며
모이를 먹지만
주인은 없다

집이 없어
땅도 없지만
가지 끝에서
온몸 가볍게

뼈 속까지 비워
강철 같은 날개
푸른 하늘로 비약하는
참새의 한마디

짹!

수화

유리창에 붙어 있는
손톱만 한
나방
밖을 향해
무늬로 말하고

서성이는 비의
중얼거림에
시계
방전된
분침으로 말한다

바람의 수다에
꽃
수화로 화답하고

꽃들의 집회

주인은 가고
어김없이 피었습니다

한낮의 열기를 잠재우는 밤
아스팔트 그 편리한 궁리를 막아서며
한꺼번에 몰려들었습니다
가는 길 그만 멈추라고 항의합니다

아름다움은 목적이 아니라며
모두들 돌아오라고,
달빛도 부추겨
스스로 불 밝히는 사월의 마지막 밤

모두가 주인이 되어
올해도 어김없이 피었습니다

눈부시게 고맙습니다

꽃들의 점심

공원 한쪽에
옹기종기 모여앉아
빛 한 움큼씩 삼키고
서로 모른 체합니다

꿀 먹은 벙어리처럼 그늘도
마음에 점 하나 찍으며
심심해하고 있습니다.

꽃은 떨어져도 왜 멋있을까요
바람 양념에 꽃은 왜 맛있을까요

같이 온 강아지,
참지 못하고 먼저 소리를 냅니다
언어는 그 경계에서 서성이고 있습니다

심심하게 모두들
서성이고 있습니다
심심하게

꽃들의 합창

물보라를 일으키는 해상공원
7번국도 동해안 따라
파도를 밟으며 꽃이
걸어 나온다

지난 밤 일 치른
처녀들의 소곤대는 이야기
그 향기로 하늘에 대고
자신의 생을 쓴다

바람 부는 데로
하얗게 또는 분홍빛으로 번지는 노래

탱탱한 햇빛 속
첫사랑 벚꽃
눈[雪]처럼 휘날리며 뭍에 오른다
모두
한 소절 따라부른다

동백꽃보살
— 화광동진和光同塵

밤새 어느 여인이 천 번의 손길을
주고 갔을까
꽃들이 환하게 미소 짓고 있네요

궁금한 게 많은 동백꽃
영취산 흥국사 영통전 앞에
서성이며

천 개의 눈 밝히고 있네요
사람 그리운 저 동백꽃보살
봄빛 따라

천 개의 몸으로 화답하고 있네요
땅으로 뛰어내릴 듯
흙먼지 속으로 뛰어들 듯

줄탁啐啄, 위를 걷다

액자 유리가 깨지자
야크가 이동한다
황량한 이쪽에서 초원이 있는 저쪽으로

이동하고 싶어하는 것이다
풍경은 바람 따라 흔들리며
살아야 하는 것이다

히말라야 고원
기차 길 따라
머리카락 휘날리며 걷고 싶은 것이다, 그도

거울 속 기억들 버리고
스스로 눈 덮인 산으로
향하고 싶은 것이다

존재함으로 길을 걷는다, 그는

등나무 꼬투리가 길 한 쪽을 쪼자
열매가 이동한다

도로 이쪽에서 흙이 있는 저쪽으로

이동하고 싶어하는 것이다
물은 조각난 길로
흐르고 싶은 것이다

나무 위로 흐르는
지난 계절의 꽃향기 따라
그도 허공 한 쪽 디디고 싶은 것이다

흉내내며 살았던
유아기의 거울
조각난 사이로
흐르고 싶은 것이다

보행함으로 살아 있다, 그는

야크가 이동하자
액자의 유리가 깨진다

그의 이름

나무에 글을 새기자
그 사람의 이름은 이제 다른 것이 되었습니다
아주 오래 전 이야기이지만
모래도시는 아름다운 거리의 이름을 갖고 싶어했습니다

그 거리가 이제 숲 쪽으로 몸을 눕히고 있습니다
이어짐과 끊김이 반복되어 노래가 되는 그 생소한 호명
呼名 속에서
아주 먼 곳에서부터 전해온 방법이지만
천 년 나무도 자기 이름을 버리고 만 년 종이의 얼굴을
꿈꾸기도 하지요

그 종이가 또 다른 것이 되고 싶어 구겨지고 있습니다
신문지 이름은 하루 동안만 새 소식이지요
한때 공책 반 토막 넓이로 잘리고 철끈에 묶여 휴지로 매
달려 있기도 했고
푸줏간에서 돼지고기 한 근 둘둘 말아주던 포장지가 되
기도 했지요

종이에 불을 옮기자

그의 이름은 이제 불꽃이 되었습니다, 오래지 않아

그 불꽃이 따스한 허공의 이름을 버리고 햇살로 반짝입
니다

나무는 또 그 이름들을 모두 간직하며 얼마나 그리워해
야 하는지요

겨울 밤, 차를 우리며

바람은 미세하게 지문指紋을 남기고
입에 쓴 선생*의 말씀처럼
갈참나무 옆구리에 걸려 있는 우울을 스치며
튕길 듯 휘어지고 있네

빛 알갱이의 파문은 지난 여름과 함께
패루牌樓를 통과하고 있었고
낙엽의 푸른 기억 위를 걸으며 나는
추이대推移帶를 가늠해보았네

내 스스로를 조롱하기 위해 책장을
넘긴 꼴이 되었으니
언어의 유통기한은
날지 못하는 새의 날개만큼 짧았음이여

물이 폭설처럼 끓어오르면
극빈極貧, 심장이 나를 두드리고
늦게 단맛을 내는 제왕**과 같이
얼굴이 환해지네

비울수록 더욱 반짝이는 정신과
반짝이다 다시 반짝일 때까지의 숨죽이는 육신의
전환, 그 찰나를
숫자로 계산해보았으나

끝내 넘기지 못한 어느 장에서
나의 문장은 끝나가고 있는 것인가
침묵이 깊어질수록 더욱 따스해지는 밤
세작細雀은 더욱 짙게 겨울을 노래하네

＊고구사皐口師 : 이덕리『동다기東茶記』중에서.
＊＊만감후晩甘侯 : 위 책.

조장鳥葬

1
구멍 뚫리고
하늘로 오르는 피리 소리
암드록초* 위 캉발라 산으로
승려가 오른다
한평생의 오체투지를 끝낸 사내도
아들에게 업혀 따라오른다

구름 호출하듯
허공 한 바퀴 도는 소리
짧고 날카로운 신호처럼
독수리 따라 돌고

2
푸른 유리 옷 입고
나무처럼 서 있는 빌딩
그 안으로
소리를 잃어버린 벌레들이
유리관 속 미라처럼
시간에 몸 말리고 있는 동안

원래 이곳은 숲이었다는 듯
우듬지에 솟대처럼 앉아 있던 검은 새들
건물 속으로
사라진다

마니차를 돌리던 기억이
사막을 건너와
황색 바람으로 쌓일 때
햇빛 누르는 울음소리
한 사내의 피와 살이
깃털처럼 떠오른다
아스팔트 위 오체투지
길의 끝은 다시 시작이었다

* 티베트 캉발라산Mt. Kangbala : 崗巴拉山 해발 4,990m 고지 아래 해발 4480m에
위치한 전갈 모양의 호수, 푸른 보석이라고도 함. 호수 면적은 638㎢, 호반 한
바퀴 길이는 250㎞, 수심 30~40m.

줄탁동시 啐啄同時

플라타너스
붉게 걸쳐 있는 하늘로
시냇물 소리가 흐르고
참새들 모여 있네

얼마나 쪼아댔기에
짹 짹 짹
부리도 빨갛네

길섶에 나뒹구는 바람
뒤집힐 듯
구름이 몰려드네

턱 턱 턱
산머리 물들이네

두터운 그늘을 깨고
해가
나오고 있네

금붕어구름

너의 바다
너의 하늘은
어항이었으므로
금붕어, 땅에 묻다

구름이 한번 꿈틀거리자
어항, 넘실거리고
수직으로 내리는
헤아릴 수 없는 영혼들

일생을 단 한번 직립하여
하늘과 땅을 잇나니
주인이 누구인지
묻지 마라

낮은 곳으로만 모이며
지상 모든 것과
함께 하였으므로
물, 하늘에 묻다

2부

아름다운 나라의 염색주의자

절창 絶唱

입춘 지나
때 이른, 짧은 치마
손 안에서 바장이는
개미들처럼
간지럼 태우며 쏟아지네

물소리 신난 천변에
늙수그레한 사내 넷
육두문자 권주가
길게 뽑아내네
육자배기 골곡지게
술 잔 치네

나도 한번은 그러고
싶네, 때 절은 겨울 점퍼 제쳐놓고
막걸리처럼 컬컬하게 한번
목 빼고 싶네
시냇물 장단에 하루 해 느리게
치고 싶네

아름다운 나라의 염색주의자

〈어서오세요, 사랑합니다 고객님〉

〈3번 손님〉
〈……〉
〈"3번 손님" 하면 "예"라고 해야죠〉
〈3번 손님 앉으세요〉
꼬마 아가씨의 권유에 거울 앞자리로 옮겨 앉은 토끼 꼬마는
〈예〉
한다

그런데 토끼의 눈은 왜 푸르지?

〈어디를 염색해 드릴까요, 머리, 손톱, 얼굴〉
〈……〉
〈얼굴은 염색을 할 수 없어요〉
머리 깎는 문어 미용사의 참견에 아랑곳하지 않고
〈머리, 손톱, 팔, 다리, 어디든지 다 해드려요〉
〈말씀만 하세요〉
〈어서요, 예〉

그런데 왜 미용사의 가위는 마우스 같지?

아름다운 나라의 공주님 따라 떠나는 이상한 여행
꼬마 염색주의자는 남녀노소 모두 물들이는데

잇꽃잎 연지, 백합 붉은 수술 색분, 박가분朴家粉, 동백기름
바르고

봉숭아꽃잎, 백반
물들이고

침 하나에
용, 호랑이들이
검거나 붉게 꿈틀거리고
나비처럼 팔랑거리거나
♡, ＼, 사랑, 大盜無門
이름도 없는 글씨체로 스며들고

꼬마 염색주의자의 주문呪文에 따라
감당할 수 없는 상상을 하는 거였는데

짧은 흰 머리카락을 손가락으로 탁치며 하는
토끼 꼬마의 한마디
〈머리카락요〉
정답은 언제나 길지 않았다

〈휴~〉
우리 모두 한숨이 절로 나왔다

쥐들의 일관성 있는 검은 흔적들
거짓말처럼 자라났던 머리카락과 거추장스러운 시선들을

문어 미용사는 진공청소기로
빨아들이고 있었고, 그 사이
지워지는 풍경들

토끼 꼬마는 검은 모자를 쓰고
거울 속으로 쾌활하게 사라졌다

나와 꼬마 아가씨와 모두는 서로 모르는 사람들처럼
각자의 집으로 향하고

노을에 대한 명상

삼봉에서 꽃지까지
모래와 해송
소주병 뒹구는 자리마다
바다는 구름 쪽으로 출렁이고
오선지에 옮겨지듯
물의 계단을 밟고 오르는
노을의 꿈이여

단 한 소절의 시를 읊조리며
저 노을과 같이 오를 수 있기를
얼음의 색깔로 잠들 수 있기를
무명의 빛깔로 꿈꿀 수 있기를

누렁개 짖는 소리에
쫓기듯 그림자 사라지고
물의 계단을 밟고 오르는
뜨거운 미소
환한 우울을 내 사랑하리니
마지막 그대의 노래를
따라가리니

책에 관한 명상

푸른 바람을 번역하는 잎새와
붉은 풍경을 덧칠하는 태양
불의 기억처럼 거친 숨을 고를 때
아름답게 모호한 암호들을
한 가지 색으로 읽어내네

붉은 생각을 흔드는 가지와
푸른 노래를 꿈꾸는 뿌리들
물의 기억처럼 반짝이며 뒤척일 때
명상에 빠진 열매의 생각들을
만 가지 꽃으로 펼쳐보네

순리를 역행하는 물관과
대지의 질서 속에 순응하는 체관 사이
해독 불가한 흔적으로 남아 있는
길들이여, 돌고 돌아 제자리
나이테의 시간들을 가늠하네

상상은 직립 이후부터 계속되었고
기록은 정리 이후부터 하여온 일

물을 쓰고 불을 읽네
대지를 노래하고
바람을 암송하네

진통제에 대한 명상

첫 연애편지의 글귀처럼
종이에 번지는 불길처럼
황금색 물감이
꼬였던 주름을 타고
온몸에 풀리고 있다

> 1일 3회까지 공복(빈 속)시를 피하여 복용
> (복용간격 4시간) 성인(만 15세 이상) 1회 1정

두통과 생리통은
아내의 원죄이기에
20년 넘게
나의 문장이 될 수 없었던 용법들

알약 한 알이
왼쪽으로 서서히 지워진다
바람이
대나무살을 따라 부채에 스며들어가듯
아델레 블로흐 바우어의 초상*
모자이크가

선명해지는 시간

물속에 가라앉은 설탕처럼
투명한 좁쌀 알갱이로 반짝이는 편두통
눈을 감아도
황금색 바람이 분다
황홀한 밤이다

＊아델레 블로흐 바우어Adele Bloch-Bauer, 오스트리아 화가 구스타프 클림트
Gustav Klimt의 1907년 작품.

동화에 대한 명상

아주 둥근 곳과
아주 뾰쪽하지 않은
둥근 곳에 대한 명상은
선택의 문제처럼 어리석고
걸리버 소인국처럼 교훈적인데

울지 못하는 응어리
날지 못하는 운명은
주인을 위해서가 아니라
자신을 위해
곡비哭婢처럼 웅크리고

기름에 튀겨지는
하늘 없는 날개
미래를 대신하여
오늘도 나는
울어주고 싶은 이유

유년시절 읽었던
콩쥐팥쥐를

떠올려보는 것인데
봄이면 찾아오는 병아리
감별된 발자국 소리에
노란 눈물 찍어내네

호두에 대한 명상

주름 깊은 곳에 소리 살고 있다
단단하게 눈물 지키고 있다
천둥보다 먼저 잠들고
번개보다 빠르게 눈뜨는 하루
아버지는 오늘도 말씀이 없으시다

서로 마주보며 살다보면
같아지는 생각들
닳고 닳아 윤기나는 대청마루 한 쪽
뇌경색 어머니의 재봉틀 밟는 소리에
햇빛 한 움큼 쥐고 계실 뿐
말씀이 없으셨다

생략해야 할 중요한 것들
입술 사이로 눈부신 빛 새어나오는
저물녘 강가에서
어둠보다 먼저 잠들고
별빛보다 빠르게 흔들리는 한 생애

천둥도 구름과 같아서

지상의 모든 소리들 위로하나니

닳고 닳아 어둠도

끝내는 환해지고

속살거리는 윤슬

주름 깊은 곳에 빛이 살고 있다

바퀴에 대한 명상

까맣게 변하는 팽이처럼
돌고 있는 바퀴를 보면
떠나고 싶어지는 것이다
앞으로 돌다가 설움이 복받친다는 듯
뒤로 돌며 은빛 반짝이는 바퀴를 보면
가속페달 더 밟아보고 싶어지는 것이다

차를 향해 돌진하는 사마귀여
격납고로 향하는 비행기가 휴식을 거부하듯
프로펠러 소리를 내기도 하는데
꿈꾸듯 무모하게
속도를 잊어버린 바퀴를 보면
날개를 펼쳐보고 싶어지는 것이다

되돌이표의 한 소절 노래처럼
목적지는 상관없다는 듯
휘파람 불며 지나가는 구름 자리마다
휘돌아나오는 청령포
하늘을 닮고 싶은 것이다

봄 명상

벽 너머엔
푸른 냄새 토해내는 해토머리 무렵입니다

나무그늘 아래
햇살의 노래 듣고 싶어

아지랑이 피어오르듯
구름 마음자리에 그린 꽃

바다 옆구리를
간지럼 태우고 있습니다

솟대는 까치발을 들고
무람한 듯 서 있고요

물 명상

가령 정화수 떠놓고
두 손 모아 비는
여인의 이마는 빛났으리
별
반짝 반짝
같이 걱정했으리
세 가지는 과분하거나
혹은 너무 가혹할 수 있으니
하나로 줄여달라고
물
졸~ 졸~
흘렀으리
촛불의 흔들림을 간직한 채
달빛도 동행했으리
숲속의 붉은 바람도 따라나섰으리

우키요에浮世畵 파도*처럼
바다 속 깊이 출렁이는
단 하나의 소원

＊호쿠사이Hokusai(1760~1849)의 목판화(우키요에) 중 〈가나가와 앞바다 파도 뒤〉라는 작품이 있음. 우키요에는 유럽 인상파 화가의 그림에 많은 영향을 끼쳤으며, 클로드 드뷔시의 경우 호쿠사이의 이 작품을 보고 자극을 받아 교향시 〈바다〉를 작곡하는 등(서재에 그림이 걸려 있는 모습이 확인되는 사진이 있음) 클래식 음악에도 영향을 끼쳤다고 함.(위키백과에서 발췌)

꿈의 절차

배롱나무
벗은 몸이
어렴풋이 꿈에 들었다

나뭇잎보다 많은 꽃잎
바람막이 치고
햇빛 교란하며
인 . 해 . 전 . 술
여름과 한판 붙고 있는 중이다

그 아래
한 쌍의 잠자리가
부끄럽지 않게 흘레붙었다
생각해보면 아름다운 비행,
그녀도 호접란 아래에서
거친 숨 고르지 않았던가

배롱나무
붉거나 하얀 꽃잎들이
징그럽지 않게 꿈틀거리며

온몸에 문신을 새기고 있다

풍경 소리
꿈의 심연에 순차적으로
얕게
엷게
동심원을 그리며
빠져들고 있다

배롱나무
빛나는 나신은
붉거나 희게
꿈에 들었다

생각노동자

나는 생각노동자
생각만으로 의심의 참고문헌을 뒤지는 것은
누군가의 생각이라고 생각만 하였기에
읽기를 중단하고
창 밖 나무를 바라본다, 나뭇잎마저 외로워
말라비틀어진 생각처럼 악착같이 가지에 붙어 있는

생각이 구름처럼 모여들자
나무는 가랑비에 촉촉하게
젖는다
단풍은 생각을 멈추고
갈대의 생각은
바람 없이도 흔들리는데
푸른 생각의 뿌리는 어디에서
다음 생을 준비하는지

나는 생각노동자
생각을 멈추면 가능할까
까치처럼 빌딩에서부터
하강 비행하는 생각

소리가 정지화면처럼 멈추고, 한 쪽 생각이 잘려나간 언덕은
비를 참는다
황토 흙의 생각은 붉고

나는 생각노동자
생각은 불면증처럼 희거나 검게
나를 부정할 것이나
생각은 나의 힘
그냥 견디는 것이다

콩에 대한 명상

무심하게 흐르는
물의 기억으로
대지를 가로지르듯
가슴 한 쪽 간직한
빛의 그리움으로
풀잎처럼 뒤척이는 황금알

자궁처럼 비릿한 시루 속
강철보다 단단하게
고무보다 탄탄하게
순하게 뿌리 내미는데

기적이라는 듯
아픈 관절을 일으켜 세운 아내
연꽃처럼
환하게 웃고 있습니다

3부

기차

기차

0시 5분
움직인다는 것은 살아 있다는 것이 아닌지요
어둠을 밀고 나아가는 소리
은종지 속의 눈[雪]처럼
이름과 얼굴이 섞이다 사라져버리고

붉은 색 대나무 깃발이
안테나처럼 꽂혀 있는 집 너머
모세혈관으로 연결된 빽빽한 숲
우듬지에 걸린 소식 뒤척일 때마다
축축한 꿈들이 얕게 깔리고

잠시 머뭇거리지만
한번은 목숨 걸고 떠나야 할 때가 있지는 않는지요

세상의 모든 소리

휴대전화 기지국 송전탑 위
각개전투의 까치,
까마귀들은 각자의 날개를 넓게 펼쳐
연합전술로 세상의 모든 소식들을 점령한다

소년이여 야망을 가져라*
소년소녀세계명작전집『모히칸족의 최후』읽던 소년은
손바닥만 한 액정화면에서
세상과 한판 붙고 있는 중이다

오대산 상원사 까마귀
반야심경과 목탁 소리 사이사이
오경烏經을 설하며
햇빛 듬뿍 묻힌 날개로
허공에다 쓰는 묵향
금빛 힘들이 와이파이처럼 퍼진다

전쟁에서 통신은 승패를 좌우한다
세 개의 발로 날아오르는 세상
모든 소식들은 위독하다

* 미국인 클라크William S. Clark는 미국의 식민지 개척정신을 홋카이도의 일본 이주민들에게 전수하기 위해 삿포로농학교 초대 학장(1876~1877)으로 활동했다. 홋카이도는 아니누Ainu 선주민이 주거했던 곳으로 1871년 식민지 개척을 위해 일본은 시코쿠와 아와지의 이사다가문 546명을 홋카이도로 이주시킨다. 클라크는 삿포로농학교를 떠날 때 마지막으로 "Boys, be ambitios!"라는 말을 남긴다. 미국 인디언처럼 홋카이도의 아이누 선주민 역시 일본 이주민에 의해 대량 학살당했다고 전해진다.

세상의 모든 언어

스피커의 옆구리가 뜯겨지고
활시위 퉁기는 거미의 노래
미래와 맞바꾼 언어들이
컴퓨터 모니터에 옮겨진다

위증의 립스틱을 바르고
거짓이 사실의 목을 조르자
종이에 갇힌 기억들이
문서세단기로 뛰어든다

가끔 구름이 지나면서
햇빛으로 지상을 스캔하고
아무 말 없이 흐르는 강물 위
기록을 복사하지만

기억을 부패시키는 그림자는
형광등을 외면하고
추락의 속도로 가속되는 생각들
방부제처럼 침묵한다

송전탑이 세워진 이후
세상의 모든 언어들은
서로 닮아가거나
잊혀질 것이니

낮잠

그늘진 시간이 세월을 먹고 있습니다
공원 어디에도 할머니는 없습니다

이 길의 끝은 분명히 도로와 연결이 되어 있을 것입니다
나뭇잎 하나하나에
벌레들의 잠이 묻어 있을 것이나

벤치 위에 떡이 누워 있습니다
허기진 햇살이 할머니의 잠을 먹고 있는 오후입니다

봉래산 천문대에서

봉래산에서 잠자리를 잡으면
바람소리가 난다
동강이
휘돌아 빠져나간 빈 터

내 몸에 한 줌 눈물이
잠시
머물러준다

별이 되고 싶은
표지석 이름들
모두 어디갔을까

천문대에서 바람을 잡으면
강물 소리가 난다
잠자리
나를 놓아준다

부용아씨

병원에 가서 알았다
60여 년 종갓집 맏며느리로 살았던 큰어머님의 성함
침대 앞면에 걸려 있는 이름표를 보고 알았다

온몸이 부풀어 있는 그녀를 보며 우리 모두는 외면하고
싶어했지만
하루하루 목숨값을 지불하는 병원살이
그리운 것들을 호명하듯 그녀의 눈은 우리를 바라봐주
었다

시집 올 때 같이 온 식모도 오래 전에 떠났고
가오동 너른 논밭 조각조각 다 처분하여
이제 가진 것이라고는 허공에 뜰 것만 같은 가벼운 몸
하나
지상과 이어주는 마지막 끈처럼 링거 줄이 반짝이고 있
었다

수족관의 산소발생기 소리에 푸르게 굴절되는 햇살들
더 잘 살기 위해 호주로 이민 간 큰아들은 아직 돌아오지
않았고

큰어머님 주변에 모인 우리는 새끼 복어처럼 쉽게 떠나
지 못했다

장례식장에 가서 알았다
한 달을 생명줄에 의지한 채 모스 부호처럼
미안하다, 용서해라는 말만 남기신 큰어머님
시집 오기 전에는 부용아씨라고 불렸다고 했다

주인

저도 수컷이라고
어두운 공원 산책길
사내와 마주치자
담장 귀퉁이 쪽으로 다리 들어 오줌 싸는
기특한 것

목줄 팽팽하게 당겨도
짖지는 마라

옛날 이야기처럼
함정을 파놓은 것도
독을 만들려고 한 것도 아니듯
지금 급류에 떠내려가는 것도 아니니
기 쓰지는 마라

진주난봉가 해금 소리와 함께하는
슬프고도 경쾌한 내 산책길이
아직도 많이 남아 있으니

주인의 속성은 배신이 아니듯

하인의 속성은 충성이 아니니

함정을 개인적으로 따지고
독이 든 음식을 공개적으로 비난하듯
급류 위 다리가 되어
헛된 수고를 다할 수 있으니

기 쓰지 마라
짖지도 마라

진주난봉가 해금 소리와 함께
방자하고도 진지한 내 산책길이
아직도 많이 남아 있으니

집으로 가는 길

사랑받기 위해서가 아니라
사랑하기 위해서
꽃은 핀다

샛별도 기적汽笛같이 지상의 모든 빛들을
위로하나니
속눈썹에 쌓이는 아내의 잠은
빗물처럼 축축하고

기찻길 옆 인적 드문 산길에
그래도 피는 것은
외롭기 때문이다

토란잎 가족

넓게 가슴 벌린
뒤란 토란잎같이
푸르게
모든 것 주고도 부족한
어머니

"이 송편처럼 예쁜 딸 낳고~"

다문화가정 며느리
먼 친정나라 그리는 눈물도
진주처럼 굴려서
한 움큼 환한 미소를
도로 내민다

봄날 저녁, 그 주점에 가고 싶다

고속도로 휴게소 주차장 한복판에 꿈인지 생시인지 허깨
비처럼 가벼운 상체, 관광버스에서 내리다 굴러떨어졌는지
얼굴이 마구 상한 흰머리 앞에 여자의 울음은 벚꽃 지듯 하
염없고, 봄바람은 웃음을 참지 못하듯 끽끽거리며 모여들
고 있네

강물에 빠져 죽은 광인狂人을 노래하며
주점에 가고 싶었네
향기로운 풀을 따라갔다가
지는 꽃을 따라 돌아오는* 봄날 저녁

제목도 가사도 생각나지 않지만
한 소절마다 기가 막히게 돌아가는 그 가락
막걸리에 온몸이 젖어버리는 노을처럼
육두문자 장단에 목소리는 붉게 물들고 있었네

어물전 레코드처럼 돌아가는
노래를 가늠하며
그 중심을 잡으려 나는 허둥거리겠지

기억이 교환되는 곳에서

잊는 것보다 잊히는 것이 더욱 쉬운 일이겠지 생각하며

주점 가장 안쪽 자리에 홀로 앉아 있으리라

향기로운 풀을 따라갔다가

지는 꽃을 따라 돌아온 화창한 봄날 저녁

어느 주점에서든

내가 술 마시는 것 말고 또 다른 것을 할 수 있을지

그리고 늦은 저녁 너무 멀어서 보이지 않는 배롱나무집
불빛이

비몽사몽간 깜박이는 것을 찾아보는 것 말고

또 다른 것을 해야 하는지에 대해선

궁리하지 않으리

* "여수방초거 우축낙화회如隨芳草去 又逐落花回" 「제36칙 長沙春意(장사가 봄기
운을 느끼다)」 『벽암록』 조오현 역해, 불교시대사, 2010.

그리운 죄

그리움엔 죄가 없나니

햇빛
빛나고 있는 것이 아니라
빛낸 것이다

봄날
시위잠의 기억은
갈맷빛이었으나

그리움엔 죄가 없나니

고샅
메마른 나무는
남쪽으로 드리우는데

가지 끝
물들이는 것이 아니라
물내고 있는 것이다

나비의 꿈, 저녁놀 변주곡

모두 숨 죽이고
마침내 애벌레
날개 단다
태양 다시 꼬물거린다

모든 끝이 저와 같이
완벽을 향하고
시작으로 허공 가득
하나 되는 저녁

나비가 태양의 중심을
쓰윽 벤다
접혔다 퍼지는 날개 끝에
굵게 저음으로 신음하는 구름

활처럼 움츠린 잎 사이
숲속 가득 벌레들이
몸을 바꾸는 순간
저녁놀, 범패梵唄 소리 퍼지고

5월에

나무
사람을 온전히 사랑하다

물빛
계곡 안쪽에 수런거림 가득하고

햇살
그늘은 온전히 평등하다

사람
나무에 들어 꽃 피운다

꽃이 돈처럼 피다

한참 끗발 올랐을 땐 화장실도 안 간다는데
커피 패, 담배 패, 소주 패, 짜장면 패, 꽃놀이 패
게먹던 지폐 패는
어정쩡하게 서 있다

그 패 좀 넘기시지요?

경제도 어려운데
미세하게 떨고 있는 커피 패의 손
담배 패가
벌겋게 달아오르는 소주 패의 얼굴에
연기를 뿌리고
짜장면 패는 거칠게 젓가락을 던진다
수반에서 한 장을 뽑아내는 꽃놀이 패

수국처럼 돈이 피어난다

4부

아름다운 것들

아름다운 것들

빽빽한 잔디밭에
민들레 피었다

조금씩 눙치며
한 자리 마련해준 잔디 틈에서

희거나 노랗게 눈치보는 꽃들
바쁘게 떠날 준비를 하고 있다

괜찮은데
흰 보자기 괴나리봇짐 하나씩 어깨에 들쳐메고

구름 따라 끼끗하게
민들레 민들레 떠나고 있다

4월에

촛불 꺼지자
세상 밝아졌다

잔인했던 계절
4월 오자
붉은 꽃 파도처럼 무너지고

끝까지 부정하는 자들은
바다를 짓밟고
떠났지만

불꽃 지자
명자나무 잎 사이
다시 꽃 틔웠다

산수유

겨울 마른 향으로
꽃 피우다

허공을 떠받치고 있는
꽃잎들

모든 생명이
저와 같이 미세한 것인지

부러진 가지 끝
눈물 한 방울 맺히고

봄 황사 같은 색으로
꽃 지다

4월에 다시

모든 생명이
한 잎 마음
황금빛 비늘처럼
미세하고 순하게
꽃으로 피고

오늘도 그대는
고등학생 딸
빛나는 아픔을
꼬-옥
안아주지 못한 채
바다로 떠난다

푸른 눈물

아이들이 모두 서쪽 바다로 떠나
없고
차의 속도만큼 바쁜 봄날이 지나간다

시간들이 녹아
윤슬처럼 짙게 반짝이는
눈물들

꽃잎 하나가 설핏 품안으로 들어온다
햇빛 알갱이들이 스며들어
연분홍으로 휘날리는 얼굴들

눈 내리듯 꽃 진 자리
다시 푸르리라는 것을 기억이라도 하듯

일식 日蝕

발자국 크게 찍으며
한복판을 지나고 있다
생각을 멈춘 구름
옹기종기 모여 구경한다

과학이 쇼가 되는 세상
영화처럼
스크린 너머 빛나는
신기한 눈빛이 있다

손톱 밑 검게 물들이던 아픔도
무섭지 않는 아이들
검은 개 뒤쫓으며
신나하고 있다

정지신호에 걸린 풍경들
낄낄거리고 있다
슬금슬금 그림자
다가오고 있다

밀밭에서

까마귀를 보며
나는 언제나 손보다는
날개가 있었으면 했다

황금빛으로 지저귀며
밀밭 위를 비상하는 검은 눈동자
출렁이는 저녁의 비상은 불안하다

울음과 노래 사이
나는 오랫동안
망설이기도 하지만

까마귀 나는 밀밭을 보며
길이 끝나는 곳까지 나는
가고 싶었다

돼지

아들이 딸에게 돼지라고 놀린다 서로는 서로에게 피그라고 부르며 싸운다 피그, 픽! 픽! 그 끝은 언제나 딸의 참패로 끝난다 늦게 퇴근한 어느 날 딸이 야릇한 표정으로 피그말리온이 무엇이냐고 묻는다 싸울 수 없는 언어가 휴전선처럼 딸과 아들 사이에 생긴 것을 보며 그냥 좋은 것이야 한다

실수로 나온 것, 이 피그같이 마른 놈
피-그-말-리-온
싸움 없는 세상
불가능을 기다리며 살아가는 세상

그냥 좋은 것, 사랑스러운 나의 돼지들

깊어지는 것들

새벽녘
사람 그리워지는데
텅 빈 마당에 짙어지는 비
안개의 중얼거림 깊어지고

무심히
잎들의 침묵 무성해지는데
시간의 빈자리 밟고 가는 햇살
나무 그늘 깊어지고

산 그림자
마을로 내려오는데
새 우짖는 소리에 짙어지는 하늘
별들의 귓속말 깊어지고

삶보다 두려운 일들
강물 짙어지는데
반짝이는 낚시 바늘
연어의 힘찬 꼬리짓 깊어지고

분단광장

불에도 길이 있어
한 곳에 모이길 희망했으나
익지 않고 떨어지는 말들
의미를 알 수 없는 깃발이
폐쇄된 광장의 잡초처럼
휘날리네

쑥 향기 진한 바람이길
온몸으로 기원했으나
자신을 태우지는 않는 불
자신의 눈앞만 밝히는 불
서쪽에서, 동쪽에서
갈마들고 있네

불에도 힘이 있어
서로 뭉쳐 더욱 따뜻해지길
두 손 모아 기원했으나
완강하게 벌어지는 틈으로
거멀못 자리 쓸모없이
구멍만 커져 있네

나누어진 광장
슬픈 촛불이여

아버지와 고목

나이를 먹는다는 것은
부서진 의자
가지 꺾인 햇살 분재하듯
낡은 기억들 반듯하게 세우는 것이리라

고장난 모터펌프
신나서 저 혼자 콸콸거리던
물의 반짝임
간직하며 사는 것이리라

고목은 잎을 떨구고
죽어서도 마침내
천년고찰
기둥으로 서 있는 것을

나도 나이를 먹고 싶다
당당한 저 나이까지 가
세상 견디며
서보고 싶다

사랑

그대의 만 가지 모습 중
하나를 닮고 싶어
꽃이 되었네

그대의 만 가지 일 중
하나를 따라하고 싶어
잎을 내고

만 가지 색 중
그대의 배경이 되고 싶어
하얀 색이 되었네

그대를 닮고 싶어
잎과 줄기와
꽃마저 버리고

이제
한 톨의 씨앗으로 남고 싶네

순례자 나무

나무는 천 년을 두고
걸어도 걸어도 그 자리,
길 떠난다

울타리 마구 넘는 탱자꽃
마을 돌담길 따라 멀리
길 떠난다

까투리 병아리
물자국 따라 하늘 낮게 지나고
날치며 끼어드는 천둥번개

잘가라 끄덕이는 코스모스
붉거나 희게 그리워지는
풍경 속으로

톰바르게 손 흔드는 단풍
눈보라 두둥지게
되돌아온다

나무는 천 년을 두고
가도 가도 떠난 그 자리,
길 되돌아온다

70년을 한글로 쓰다

광복은 모르지만
분단은 안다
6·25는 모르지만
38선은 안다

아직도 반쪽인 그대
오늘 하루를 70년같이
손으로 쓴다

하나의 큰 글
70년을 한글로 쓴다
크게 쓴다

사려의 기품
— 박종빈論

김채운 / 시인

1. 변명에서 명상으로 이행하다

"사려思慮"라 함은 어떤 사물이나 일에 대하여 여러 가지로 주의 깊게 생각함을 의미한다. 사리분별의 능력뿐만 아니라 깊이 생각하고 천착하려는 진중한 자세를 필요로 한다. 따라서 깊이 생각하는 이의 언행이 경박하거나 성급한 것과는 거리가 멀게 마련이다. 사물과 현상을 특별한 관점에서 심도 있게 바라봄으로써 가치를 발견하고, 거기에 진심을 다해 의미를 부여하려는 시인의 자세가 곧 시로 드러나기 때문이다. 시는 곧 시인이다.

박종빈 시인은 대전 토박이다. 1993년 대전일보 신춘문예로 데뷔하고 10여 년의 공백기를 거쳐 2004년 계간『시와상상』으로 시작 활동을 재개한 이력이 있다.『시와상상』작품상 수상을 비롯하여, 2017년 '백지시문학상' 및 2020년에는 '대전시인상'을 수상하였다. 시집으로는 2010년 황금알 출판사에서 발간한『모차르트의 변명』이 있으며, 두 번째 시집 『물을 쓰고 불을 읽고』 출간을 앞두고 있어 그 기대가 무척 크다.

필자와 박종빈 시인과의 인연은 〈큰시〉 동인으로 활동하면서부터 시작되었다. 여러 해 가까이서 박종빈 시인을 지켜본 바에 따르면, 그는 평상시 진중하면서도 가끔씩은 "지랄하네"를 아주 맛깔나게 구사하는 친숙한 이웃집 오빠의 이미지 그대로이다. 그가 문학과 시에 대한 애정이 얼마나 극진한지는 술자리에서 여러 번 확인할 수 있었다. 시를 평가절하하거나 폄훼하여 농락하는 것에 대해 극도로 분노한다. 당장이라도 이단옆차기가 날아오고, 멱살잡이를 한다하더라도 전혀 거리낌이 없을 것이다. 그만큼 그는 시를 옹호하고 전적으로 시의 편에 선다. 더불어 좋은 시와 시인을 대하는 그의 태도는 가히 외경에 가깝다. 박종빈 시인의 생기와 에너지는 시를 평하고 논하는 가운데 부적 생성되는 모양이다. 바쁜 일상 속에서도 그는 부단히 시를 쓰고 책을 읽으며, 문학적 성장을 위해 학구파적 기질을 여실히 드러낸다. 〈큰시〉 월례모임에 빠짐없이 참석하는 것은 기본이고, 좀처럼 빈손으로 오는 경우가 드물다. 준비해온 신작시에 대한 합평이 진행되는 동안에는 그 어떤 편잔에도 굴하지 않고, 분분한 비판적 견해들도 겸허히 수긍한다.

첫 시집 『모차르트의 변명』에서는 시적 화자의 "변명"의 상황과 여지를 집중적으로 능숙하게 형상화하였다면, 이번 시집 『물을 쓰고 불을 읽고』의 다수 작품들에서는 명상을 통해 문학적 사려의 세계를 보여주는 방식을 꾀한다. 변명이 상대방을 납득시키는 데 중점을 둔다면, 명상은 자신을 납득시키고 나아가 내면 깊숙이 들어가 성찰하고 깨달음에 이르는 방식을 모색하는 특징이 있다. 시인은 범인凡人들이 미처 바라보지 못한 삶을 깊숙이 들여다보고, 헤아리지 못한 사유의 영역을 확장해서 언어적 형상화를 통해 존재의 가치와 의미를 드러내는 역할을 수행한다. 박종빈 시인에게 있어 시가 명상이고 명상이 곧 시다. 여기에서 다룰 다섯 편은 모두 명상이라는 제목을 달고 있다. 명상 연작시라고도 할 수 있는데, 시에 대한 그의 관점이 반영된 것으로서 명상의 고요함과 집중, 깨달음의 경지와 고즈넉한 인내의 시간이 내재해 있음을 짐작케 한다.

지금부터 깊은 성찰을 통한 깨달음의 깊이와 사유를 담은 "명상"과 관련한 다섯 편의 시를 텍스트로 삼아 분석해보고, 이를 통해서 박종빈 시인이 추구하는 시세계와 주제의식을 더 심도 있게 이해하는 계기가 되었으면 한다.

2. 일상의 속살을 깊이 들여다보다

무심하게 흐르는

물의 기억으로

대지를 가로지르듯

가슴 한 쪽 간직한

빛의 그리움으로

풀잎처럼 뒤척이는 황금알

자궁처럼 비릿한 시루 속

강철보다 단단하게
고무보다 탄탄하게
순하게 뿌리 내미는데

기적이라는 듯
아픈 관절을 일으켜 세운 아내
연꽃처럼
환하게 웃고 있습니다

—「콩에 대한 명상」 전문

콩이 콩나물로 변모하기 위해서는 기다림의 시간과 극진한 정성이 필요하다. 시루에 콩을 넣고는 어둔 천으로 감싼 뒤에 수시로 맑은 물을 흘려주어야 한다. 「콩에 대한 명상」에서 시적 화자는 "자궁" 같은 시루에 담긴 "황금알", 즉 콩이 부화하여 어엿한 콩나물로 성장하기까지의 과정을 면밀히 관찰하고 있다. 싹이 돋아 뿌리가 자라기까지, 콩이 콩나물이 되기까지, 껍질을 벗고 여린 속살로 뿌리를 내밀기 위해서는 "강철보다 단단하게/ 고무보다 탄탄하게" 힘을 길러야 한다고 역설한다. 그러고 보면 우리 눈에 보이는 순하게 내민 콩나물 뿌리는 그 모든 고난의 시간을 견디며 기르는 이의 정성을 먹고 자란 결과물인 셈이다.

한편 온전한 콩나물로 성장하기 위해서는 빛에 대한 욕망을 절제하고 철저히 어둠의 시련을 참고 또 견뎌야 한다. 식물류 대부분은 따스하고 환한 햇빛을 통해 광합성을 하고 무성한 생명력을 지속시킨다. 그에 반해 콩은 콩나무가 되고자 하는 의지를 버리고 그저 콩나물로의 소탈한 삶을 추구할 뿐이다. 그러한 콩나물의 성장과정을 지켜보면서 시인의 시선은 자연스럽게 아픈 아내에게로 옮아간다. 극도의 통증(류머티즘)을 잘 견뎌내며, 연꽃처럼 환하게 웃는 아내와 콩이 콩나물로 성장하는 과정에서 수반하는 고통과 견딤을 교차시킨다.

세상에 허튼 것 하나 없듯이 일상 속에서 만나는 사물(생명들 포함)들은 비록 거창하지는 않지만, 모두 귀하고 소중하다. 자세히 들여다보면 그 안에는 생명과 우주의 신비가 깃들어 있기 때문이다. 콩은 콩나물이 되기 위해서 자신을 보호하던 껍질을 열고 나와 뿌리를 뻗기 위해 성장의 고통을 감내하며 속살을 키운다, 이처럼 「콩에 대한 명상」에서 시인은 진지한 관찰자의 시각과 따스한 시선으로 콩나물을 빗대어 아내에 대한 측은지심과 애정을 밀도 있게 드러내었다.

주름 깊은 곳에 소리 살고 있다
단단하게 눈물 지키고 있다
천둥보다 먼저 잠들고
번개보다 빠르게 눈뜨는 하루
아버지는 오늘도 말씀이 없으시다

서로 마주보며 살다보면
같아지는 생각들

닳고 닳아 윤기나는 대청마루 한 쪽

뇌경색 어머니의 재봉틀 밟는 소리에

햇빛 한 움큼 쥐고 계실 뿐

말씀이 없으셨다

생략해야 할 중요한 것들

입술 사이로 눈부신 빛 새어나오는

저물녘 강가에서

어둠보다 먼저 잠들고

별빛보다 빠르게 흔들리는 한 생애

천둥도 구름과 같아서

지상의 모든 소리들 위로하나니

닳고 닳아 어둠도

끝내는 환해지고

속살거리는 윤슬

주름 깊은 곳에 빛이 살고 있다

— 「호두에 대한 명상」 전문

「호두에 대한 명상」에서 시적 화자는 "호두"라는 객관적 상관물이 지닌 외형적 특징에서는 발견되지 않는 소리에 주목한다. 호두의 "주름 깊은 곳에 소리가 살고 있다"고 언급하며 호두 표면에 있는 주름의 역할은 곧 세상의 고난으로부터 "단단하게 눈물을 지키"는 일임을 깨닫는다. 호두를 통해 말씀이 없으신 아버지라는 존재에 대한 깊은 통찰을 보여주는 것이다. 뿐만 아니라 시적 화자는 "뇌경색 어머니의 재봉틀 밟는 소리"에 다시금 귀 기울이며 언제나 고단함을 숙명처럼 견뎌온 어머니의 수고와 희생, 그것에 대한 미안함과 고마운 마음을 표하는 아버지의 과묵함을 짚어내었다.

한 집안의 가장의 자리는 세상의 가장자리와 흡사하다. 세상의 중심에서 밀려나 묵묵히 그 자리에서 가족을 부양하는 책임과 의무를 감당한다. 고단한 일상의 깊은 속살을 들여다보면서 아버지는 "지상의 모든 소리들 위로"하는, 어둠 또한 환하게 비추는 존재임을 부각시킨다.

인생은 신산한 삶의 굴곡을 지혜롭게 넘어선 이후에야 수면에 내린 햇빛의 주름처럼 고운 빛으로 승화할 수 있다. 가장은 한 가정의 든든한 버팀목이 되기 위해서 일상의 고단함을 감수해야 하며, 가장의 자리는 세상의 가장자리처럼 단단해지지 않으면 안 된다. 신음소리조차 속으로 삭이면서, 눈물조차도 함부로 흘려서도 안 되기에 아버지의 목소리는 굳게 닫힌다. 주름 속 무수한 겹을 이루었을 침묵의 무늬들, 인생의 시련을 의미하는 "천둥"도 달리 바라보면 "지상의 모든 소리"를 위로하는 역할을 한다. 세상 풍파를 견디고 굴곡진 삶을 헤쳐온 뒤에 마침내 만나는 진정한 빛은 삶의 가장 깊숙한 주름 속 "속살거리는 윤슬"로 살아 있다.

3. 사물과 현상의 깊이를 들여다보다

아주 둥근 곳과

아주 뾰쪽하지 않은
둥근 곳에 대한 명상은
선택의 문제처럼 어리석고
걸리버 소인국처럼 교훈적인데

울지 못하는 응어리
날지 못하는 운명은
주인을 위해서가 아니라
자신을 위해
곡비哭婢처럼 웅크리고

기름에 튀겨지는
하늘 없는 날개
미래를 대신하여
오늘도 나는
울어주고 싶은 이유

유년시절 읽었던
콩쥐팥쥐를
떠올려보는 것인데
봄이면 찾아오는 병아리
감별된 발자국 소리에
노란 눈물 찍어내네

— 「동화에 대한 명상」 전문

동화는 어린이를 대상으로 권선징악을 표방하면서 등장인물의 전형성을 특징으로 하는 문학 장르이다. 선과 악이 선명하게 구별되고, 선이 반드시 악을 이기는 것으로 귀결된다. 그런데 동화는 동화일 뿐, 우리가 숨쉬는 현실의 상황은 그리 간단치 않다. 착한 것은 어리석음과 동일시되며, 아름다움 또한 정치·경제·사회적 논리에 따라 언제든 추함으로 급변할 수 있는 부조리한 시대를 살고 있기 때문이다. 불확정적인 미적 성취, 무용한 이상의 세계를 지향하는 동화 속 세상은 이미 통하지 않는다. 오히려 동심 파괴를 목적으로 잔혹하게 각색된 동화만이 폭력성을 띠고 흥미 위주의 문학으로 명맥을 유지하는 지경에 이르렀다.

한편 곡비哭婢는 장례식장에서 대신 울어주는 이를 말하는데, 「동화에 대한 명상」에서 곡비는 수평아리이거나 시적 화자를 지칭한다. 가디언誌의 보도에 따르면 "수평아리는 알을 낳지 못하고 성장 속도도 느려서 채산성이 떨어진다는 이유로 성별 감정이 끝나자마자 도살되는 일이 많다. 그리고 이렇게 부화 후 곧바로 목숨을 잃는 수평아리가 전 세계적으로 1년에 약 40억~60억 마리에 달한다"고 한다. 그런 연유로 시적 화자는 제대로 울어보지도 못하고, 날아볼 기회조차 박탈당한 수평아리들의 운명과 케이지 양계장의 실태에 반감을 드러낸다. 비록 살처분을 면하더라도 머지않아 "기름에 튀겨지는/ 하늘 없는 날개"의 주인공이 될 것이 자명하기 때문이다.

천박한 자본주의 논리에 따라 이기심과 탐욕으로 똘똘

뭉친 어른인간들이 자행하는 생명경시 풍조에 주목한 시인은 "동화" 앞에 동화의 본질과는 거리가 먼 "잔혹한" 현실을 묘사하고 있다. 콩쥐는 복을 받고 팥쥐는 벌을 받았다는 결말은 그야말로 동화에서나 가능하다. 기실 현실은 동화 속 이야기가 다 허구임을 폭로하고 있으며, 시적 화자 또한 기성세대의 일원으로서 진심으로 슬퍼한다. 이면에 가려진 진실을 파헤치고 현실의 고통과 부조리를 감춘 동화의 위선을 반성하고 있다. 약자의 편에 서서 함께 울어줌으로써 버림받은 생명에 대한 미안한 심정을 "노란 눈물 찍어"낼 수밖에 없는 현실을 통해 비판한다. 이처럼 박종빈 시인의 시에는 동화의 본령인 동심을 저버린 채 천박한 자본주의 논리에 따른 잔혹함에 대한 반성과 동물권에 대한 깊은 사유와 사려가 배어 있다.

벽 너머엔
푸른 냄새 토해내는 해토머리 무렵입니다

나무그늘 아래
햇살의 노래 듣고 싶어

아지랑이 피어오르듯
구름 마음자리에 그린 꽃
바다 옆구리를
간지럼 태우고 있습니다

솟대는 까치발을 들고
무람한 듯 서 있고요

—「봄 명상」 전문

봄의 소리, 자연의 풍광 속에서 시인이 느끼는 감회는 봄이 되어 얼었던 땅이 녹아서 풀리기 시작할 때, 즉 "땅풀림 머리"를 토해내는 푸른 냄새로 드러내었다. 벽은 담장의 벽일 수도 있지만, 혹독했던 겨울 추위의 완고함을 드러내기에도 제격이다. 그러한 겨울이 지나 언 땅이 녹고 새싹이 돋는 풍경을 바라보며 시인은 "푸른 냄새"라는 시각적 이미지와 후각적 이미지를 아울러 공감각화하였다. 시적 화자가 듣고자 하는 "나무 그늘에 햇살의 노래"는 머잖아 다가올 생명력 넘치는 무성한 여름에 대한 기대감의 표출이다. 아직은 이른 봄, 피어오르는 아지랑이를 보며 "구름 마음자리에 그린 꽃"은 이상향의 꿈, 혹은 바람일 것이다.

시적 화자의 시선은 벽 - 나무그늘 - 구름 - 바다 - 솟대로 옮겨가면서 시야뿐만 아니라 생기 넘치는 감각의 영토를 확장시킨다. 특히 바다 옆구리는 간지럼을 태우는 촉각적 이미지와, 솟대는 부끄럽고 무안하여 조심하는 태도로서 까치발 든 시각적 이미지로 의인화한 것이 인상적이다. 까치발을 들고 있다는 것은 봄으로 상징되는 기다림, 희망을 암시한다. 또한 "무람"하다는 표현에서 다가올 봄을 경건하게 맞으려는 마음가짐을 드러낸다.

「봄 명상」에서는 저녁 해 뉘엿뉘엿 기우는 이른 봄날의 정경이 선연하게 그려진다. "구름 마음자리에 그린 꽃"은 꽃구름 이는 벚꽃들의 향연을 염두에 두고는 아찔한 그 꽃향기가 멀리 퍼져 "바다 옆구리를 간지럼 태"우는 상상으로까지 나아간다. 발이 묶인 새의 형상을 한 솟대가 가만가만 봄비를 부르고 재촉하며 높이 서 있다. 시인은 겨우내 잠들었던 오감을 깨워 한 폭의 수채화처럼 고즈넉한 봄날 저녁을 원고지 위에 펼쳐 놓고 있다.

4. 숭고가 기품을 드러내다

가령 정화수 떠놓고

두 손 모아 비는

여인의 이마는 빛났으리

별

반짝 반짝

같이 걱정했으리

세 가지는 과분하거나

혹은 너무 가혹할 수 있으니

하나로 줄여달라고

물

졸~ 졸~

흘렀으리

촛불의 흔들림을 간직한 채

달빛도 동행했으리

숲속의 붉은 바람도 따라나섰으리

우키요에浮世畵 파도처럼

바다 속 깊이 출렁이는

단 하나의 소원

—「물 명상」 전문

    정화수는 이른 새벽에 맨 처음 길어온 우물물을 말한다. 어둔 밤이 지나고, 새 날이 시작되는 새벽녘에 그 누구도 손대지 않고 손타지 않은 정결한 물이 바로 정화수인 것이다. 흔히 우리나라 여인들이 정화수를 떠놓고 간절한 소망, 바람을 서원하였다. 혹은 아픈 이들을 위해 약을 달이는 용도로도 이 정화수가 쓰였다 한다.

    물은 정화와 재생, 회복의 상징성을 지닌다. 여기에 간절한 기원이 얹히면 극진함을 넘어 숭고함으로까지 이어진다. 깊은 속내를 발설하지 않으면서, 물 한 그릇에 그 절실한 소망을 담아 비는 모습은 가히 숭고하게 비춰진다. 서원하는 여인의 이마는 빛이 난다. 그 빛은 이상을 추구하는 별의 반짝임이며, 더없이 그윽하다. 그 별의 흐름이 촛불에 와닿고, 달빛으로 환해진다. 달 또한 메신저 역할을 담당한다. 달빛이 바다의 파도를 불러온다. "바다 속 깊이 출렁이는/ 단 하나의 소원"이 무엇인지에 대한 명징한 해답은 없으나, 정화수 앞에서의 간절한 기원이나 명상의 경지는 서로 통하게 마련이다.

    한편 "우키요에浮世畵 파도"는 에도 시대 활동한 호쿠사이의 판화로서 "가나가와 해변의 파도"에는 세 척의 배가 등장한다. 저만치 후지산이 배경으로 자리하고, 배에 탄 이들은 집채만 한 파도를 이기며, 맞서며, 또 견디며 나아간다. 파도를 넘어서려 하지 않고, 고스란히 받아들이려는 겸허한 자세, 또 강직한 맞섬과 부단한 인내의 단편 또한 읽을 수 있다. 높은 파도를 뚫고 나아가는 세 척의 배의 목적지에는 생존의 갈망과 투쟁의 과정이 펼쳐져 있다.

이처럼 「물에 대한 명상」에서는 시의 정화수가 가느다란 물줄기로 타고 흘러 파도 출렁이는 바다의 심연까지 이르도록 객관적 상관물들을 통해 간절한 기원의 영역을 충실하게 넓히고 있다. 정화수 앞에서 비는 여인의 모습처럼 명상의 자세 또한 예를 갖춘 수백수천의 예배와 같아서 자신의 내면으로 깊이 파고드는 심오한 정신 집중의 과정을 보여주었다.

5. 사려를 이끈 명상이 기품에 가 닿다

지금까지 박종빈 시인의 시 다섯 편을 텍스트로 하여 세 가지 관점에서 살펴보았다. 명상을 통한 일상의 발견, 사물과 현상을 깊이 들여다보기, 그리고 사려가 기품이 이르는 방식 등이 그것이다. 첫 번째 시 「콩에 대한 명상」에서는 일상 속 콩을 소재로 하여 콩이 콩나물이 되는 과정을 관찰자의 시각과 따스한 시선으로 그려내었다. 콩나물에 빗대어 고통을 감내하는 아내에 대한 측은지심과 애정을 심도 있게 드러낸 점이 각별하게 느껴졌다. 두 번째 시 「호두에 대한 명상」에서는 사소하고 보잘것없는 사물을 통해서 일상과 그 안에 깃든 진지한 내면의 세계를 끄집어내었다. 특히 호두의 단단한 주름 속에 든 소리에 주목하고 "윤슬"처럼 눈부시게 환한 빛을 포착하여 그 속에서 아버지의 파란만장한 생의 의미와 가치를 읽어낸 점이 신선하였다.

세 번째 시, 사물과 현상을 깊이 들여다보는 방식으로서 다른 각도에서 찾은 「동화에 대한 명상」을 통해 잔혹함에 대한 반성과 동물권에 대한 깊은 사유와 사려가 바탕이 된 시인의 휴머니티를 새롭게 깨달았다. 네 번째 시 「봄에 대한 명상」은 한 폭의 수채화처럼 고즈넉한 봄날 저녁의 정경을 펼쳐놓고 있는데 시각, 후각, 촉각이 어우러진 공감각적 이미지와 의인화 기법을 통해 새로운 감각을 발견하는 기회가 되었다.

마지막 다섯 번째 시, 유키요에의 판화를 모티브로 한 「물에 대한 명상」을 통해 정화수의 숭고함에서 출발하여, "바다 속 깊이 출렁이는/ 단 하나의 소원"에 이르기까지 물의 본성에 걸맞은 사려의 기품을 음미할 수 있었다.

요컨대 박종빈 시인이 시도한 시로 형상화한 명상의 기법은 자신의 내면으로 깊이 파고드는 심오한 정신 집중의 과정을 통해 숭고한 기품을 이끌어내는 데 퍽 성공적이었다고 평가할 수 있다. 시집 다섯 권도 아닌 고작 시 다섯 편만으로 박종빈 시인의 시세계를 평가하고 파악하기엔 다소 무리가 따른다. 그럼에도 본시 시 한 편, 시 한 구절, 때에 따라서는 시어 하나만으로도 시인의 진면목을 발견할 수 있다는 것이 필자의 지론이다. 재차 강조하지만, 시는 곧 시인이다. 박종빈 시인이 독자들에게 감동을 주는 시인으로 끝까지 오래오래 살아남기를 기대하고 진심으로 기원한다.

현대시세계 시인선 **130**

물을 쓰고 불을 읽고

지은이_ 박종빈
펴낸이_ 조현석
기　획_ 고영, 박후기
펴낸곳_ 북인
디자인_ 푸른영토

1판 1쇄_ 2021년 07월 07일
출판등록번호_ 313 - 2004 - 000111
주소_ 121 - 842 서울 마포구 서교동 467 - 4, 301호
전화_ 02 - 323 - 7767
팩스_ 02 - 323 - 7845

ISBN 979-11-6512-130-3　03810
ⓒ 박종빈, 2021

본 도서는 충청남도, 충청문화재단의 후원으로 발간되었습니다.